Le monde perdu

FichesdeLecture.com

Le monde perdu
(Fiche de lecture)

I. INTRODUCTION

Le Monde perdu est un roman de Sir Arthur Conan Doyle. Écrit en 1912, il appartient au genre de la science-fiction. L'auteur nous raconte les aventures d'un petit groupe parti vérifier les affirmations du Professeur Challenger : celui-ci prétend avoir découvert un plateau perdu en Amazonie, où auraient survécu des animaux préhistoriques…

Le jeune reporter Ned Malone fait partie de l'expédition, et son compte-rendu constitue la base de la narration du roman.

L'ouvrage a acquis une notoriété et une influence considérable, notamment au travers de célèbres adaptations, dont *Jurassic Park.*

II. RÉSUMÉ DU ROMAN

Chapitres 1 à 5

Ned Malone, jeune journaliste à la *Gazette*, veut prouver son amour à Gladys et recherche donc une aventure à vivre, car la jeune femme lui affirme que « tout autour de nous des héroïsmes nous invitent ». Il en trouve l'occasion en la personne du Professeur Challenger, un scientifique renommé, mais décrié et très colérique, d'autant plus depuis qu'il prétend avoir découvert un monde perdu en Amazonie, où les espèces anciennes, notamment des dinosaures, auraient survécu…

Après quelques disputes et une conférence mémorable dans le Hall de l'Institut de Zoologie, une équipe est formée pour partir vérifier les assertions de Challenger. Parmi ses membres : Ned Malone, mais aussi Lord John Roxton et le Professeur Summerlee (le rival de Challenger).

Chapitre 6

Ned rencontre Lord John Roxton, chasseur et aventurier. Challenger émet ses dernières recommandations, car il ne se joint pas à l'expédition. Il leur remet une lettre qu'ils ne doivent pas ouvrir avant d'avoir atteint Manaos.

Chapitre 7

Après la traversée en paquebot vers Para, ils ont la surprise de retrouver le professeur Challenger à Manaos. La navigation sur l'Amazone, après quelques jours sur *l'Esmeralda,* se transforme en voyage en pirogues indiennes.

Chapitre 8

Grâce aux scientifiques, Malone découvre la faune et la flore qui l'entourent. Les tambours indiens les effraient un peu. Ils voyagent plusieurs jours en canoë, puis à pied à travers la jungle. Soudain, Challenger crie, car il a vu un ptérodactyle. Summerlee se moque de lui. Ils arrivent non loin du plateau qui aurait préservé l'environnement préhistorique...

Chapitre 9

Après bien des difficultés pour trouver un accès au plateau, le groupe y parvient (non sans être précédemment tombé sur des traces de Maple White et de James Colver, les explorateurs précédents) en traversant un précipice en utilisant un pont fait d'un tronc d'arbre abattu par leurs soins. Summerlee, qui a aperçu un ptérodactyle, présente ses excuses à son rival. Hélas, une fois de l'autre côté, ils subissent la vengeance du métis Gomez, qui les accompagnait : celui-ci fait basculer leur seul passage dans le vide pour venger la mort de son frère. Ils sont désormais coincés sur la terre inconnue. Leur seul contact reste leur guide Zambo, qui promet de les attendre, fidèle, au pied de la falaise.

Chapitre 10

Les hommes découvrent les lieux avec un certain enthousiasme, même si l'inquiétude pèse sur eux. Ils voient des groupes de dinosaures pour la première fois. Le Fort Challenger, leur camp, est mis en place.

Chapitres 11 et 12

Le groupe continue ses explorations des animaux, des minéraux. Mais comment redescendre ? Ned découvre un lac, le « lac Gladys ». Une nuit, il part dans sa direction et échappe de peu à un dinosaure qui le poursuit. De retour au camp, il voit que celui-ci est taché de sang et que ses compagnons ont disparu. Ned est comme fou. Il imagine le pire.

Chapitres 13 et 14

Lord John revient seul et lui raconte qu'ils ont été capturés par des hommes singes aux pratiques abominables. Leur chef ressemble beaucoup à Challenger. Ils retournent les libérer en tirant dans la masse des singes, sauvant des Indiens prisonniers par la même occasion ; ceux-ci reviennent avec eux. Le peuple des Indiens les accueille en sauveurs. Tous décident de mener l'assaut contre les hommes-singes, dont ils viennent à bout après une féroce bataille.

Chapitre 15

Le séjour au camp indien est plaisant et très instructif, mais les explorateurs ne peuvent toujours pas repartir. Challenger tente de concevoir un ballon. Finalement, un Indien les aide à trouver leur chemin dans des cavernes et ils quittent enfin le plateau...

Chapitre 16

Le groupe revient en Angleterre et donne une conférence au Queens' Hall, dans Regent Street. La salle est comble, mais leur récit suscite des protestations et des doutes. Challenger lâche alors un ptérodactyle dans la salle. La foule les porte en triomphe à travers les rues. Ned découvre que Gladys s'est mariée, et décide de repartir explorer le plateau avec

John Roxton... car tous ont acquis une fortune certaine avec des pierres précieuses ramenées d'Amazonie.

III. PRÉSENTATION DES PERSONNAGES PRINCIPAUX

Professeur Challenger

Ce personnage est récurrent, puisqu'on le retrouve dans plusieurs autres ouvrages de science-fiction écrits par Conan Doyle. Le personnage a d'ailleurs acquis une grande renommée et est devenu un « classique » des figures littéraires dans ce domaine.

George Edward Challenger est un grand scientifique zoologiste, mais ses assertions provoquent souvent des scandales, notamment celle qui déclenche les aventures du roman : il affirme avoir découvert un monde perdu en Amazonie, où perdurerait la faune préhistorique. Il est doué, mais peu sociable (malgré les interventions de son épouse). Sa première rencontre avec Ned est difficile, car il déteste les journalistes. Ses crises de colère sont donc impressionnantes. Néanmoins, il est ingénieux et a de la ressource, voire se révèle être un génie.

Edward Dun « Ned » Malone

Le jeune reporter est âgé de 23 ans. Il est journaliste pour la *Daily Gazette*. Il évolue tout au long du roman : au départ, il est vraiment naïf, prêt à tout pour les beaux yeux de Gladys, et se veut courageux au point de ne peser aucun des risques qu'il prend. Mais au fur et à mesure des péripéties du petit groupe, Ned s'affirme, prend des initiatives et apprend au contact des scientifiques.

C'est lui qui écrit les lettres à sa rédaction : son récit constitue la base de notre lecture.

Lord John Roxton

Le Lord est un aventurier anglais. C'est un passionné de chasse (il aime tout particulièrement chasser les grands fauves), qui collectionne les trophées de ses aventures à travers le monde. D'ailleurs, à la fin du roman, il décide de repartir pour le plateau amazonien.

Professeur Summerlee

Summerlee est lui aussi un scientifique réputé. Il est d'ailleurs le principal rival de Challenger, dont il n'hésite pas à attaquer les thèses. En effet, avant le chapitre où il constate lui-même l'existence d'un ptérodactyle, Summerlee est persuadé que Challenger est soit un fou, soit un menteur.

Zambo

Homme noir d'Amérique du Sud, il guide les aventuriers puis reste en contrebas du plateau pour communiquer avec le petit groupe coincé dans le monde perdu. Il reste leur seul contact avec le monde extérieur ; c'est donc à lui que Ned remet ses comptes-rendus pour le journal.

Maple White

Maple White a déjà exploré et dessiné sur une carte le plateau amazonien. C'est grâce à son travail que Challenger en a retrouvé la piste. D'ailleurs, ils donnent son nom à la terre.

McArdle

Éditeur de la gazette pour laquelle travaille Ned.

Gladys Hungerton

Ned est amoureux de Gladys, mais elle lui dit préférer les hommes aventureux, ce qui le pousse à tout faire pour se joindre à l'expédition. Peine perdue, elle s'est mariée lorsqu'il revient en Angleterre.

IV. AXES DE LECTURE

Les animaux préhistoriques

La faune et la flore sont des surprises perpétuelles pour les membres du groupe. Il est important de souligner la présence notable (et dangereuse) des dinosaures, les espèces jurassiques ayant survécu sur ce plateau amazonien coupé du monde.

On trouve ainsi : des iguanodons, des ptérodactyles, des stégosaures, des serpents inconnus, des tiques énormes... ainsi qu'un allosaure, qu'on retrouve souvent dans les films sous la forme du célèbre tyrannosaure.

Cependant, certains dinosaures n'ont pas dans le livre l'aspect ou la taille qu'ils avaient véritablement à l'époque où ils existaient. Il y a donc quelques imprécisions à ce sujet.

Inspiration de Conan Doyle

Sir Arthur Conan Doyle a puisé son inspiration dans de nombreuses sources scientifiques ou encore fictionnelles. La base de son ouvrage serait ainsi inspirée de Percy Harrison Fawcett, qui avait publié ses reportages sur ses aventures en Amérique du Sud, en particulier au niveau du Mont Roraima.

De plus, Malone et Roxton lui auraient été inspirés par le journaliste Morel (bien qu'il ressemble beaucoup à l'un des amis de Doyle lui-même) et le diplomate Roger Casement.

Mais au-delà de ses propres sources d'inspiration, l'ouvrage de Conan Doyle est devenu un tel classique du genre qu'il a été adapté sous de nombreuses formes, ou qu'il a influencé de nombreuses œuvres littéraires et cinématographiques.

La plus célèbre de ses adaptations est sans conteste le film *Jurassic Park* de Michael Crichton. Toutefois, dès 1915, des auteurs ont produit leurs propres versions de cette thématique, à l'image du scientifique russe Obruchev (dans *Plutonia*) ou encore d'Edgar Rice Burroughs.

Chacun a repris à sa manière et dans des lieux différents (la Russie, les océans, etc.) la manière de voir de Conan Doyle.

L'idée d'un tel voyage n'était toutefois pas originale, puisque Jules Verne, dans *Voyage au centre de la Terre,* avait déjà amorcé ce type d'aventures.

La postérité de l'ouvrage passe aussi beaucoup par le personnage du professeur Challenger, que l'on retrouvera ensuite dans nombre de romans ; mais il est aussi arrivé que Lord John Roxton soit repris ou évoqué par d'autres auteurs.

On le voit donc, Arthur Conan Doyle a laissé une œuvre majeure dans la littérature et l'imagination contemporaines, au-delà de ses autres – et encore très célèbres- romans.

Dans la même collection en numérique

Les Misérables
Le messager d'Athènes
Candide
L'Etranger
Rhinocéros
Antigone
Le père Goriot
La Peste
Balzac et la petite tailleuse chinoise
Le Roi Arthur
L'Avare
Pierre et Jean
L'Homme qui a séduit le soleil
Alcools
L'Affaire Caïus
La gloire de mon père
L'Ordinatueur
Le médecin malgré lui
La rivière à l'envers - Tomek
Le Journal d'Anne Frank
Le monde perdu
Le royaume de Kensuké
Un Sac De Billes
Baby-sitter blues
Le fantôme de maître Guillemin
Trois contes
Kamo, l'agence Babel
Le Garçon en pyjama rayé
Les Contemplations

Escadrille 80

Inconnu à cette adresse

La controverse de Valladolid

Les Vilains petits canards

Une partie de campagne

Cahier d'un retour au pays natal

Dora Bruder

L'Enfant et la rivière

Moderato Cantabile

Alice au pays des merveilles

Le faucon déniché

Une vie

Chronique des Indiens Guayaki

Je voudrais que quelqu'un m'attende quelque part

La nuit de Valognes

Œdipe

Disparition Programmée

Education européenne

L'auberge rouge

L'Illiade

Le voyage de Monsieur Perrichon

Lucrèce Borgia

Paul et Virginie

Ursule Mirouët

Discours sur les fondements de l'inégalité

L'adversaire

La petite Fadette

La prochaine fois

Le blé en herbe

Le Mystère de la Chambre Jaune

Les Hauts des Hurlevent

Les perses

Mondo et autres histoires

Vingt mille lieues sous les mers

99 francs

Arria Marcella

Chante Luna

Emile, ou de l'éducation

Histoires extraordinaires

L'homme invisible

La bibliothécaire

La cicatrice

La croix des pauvres

La fille du capitaine

Le Crime de l'Orient-Express

Le Faucon malté

Le hussard sur le toit

Le Livre dont vous êtes la victime

Les cinq écus de Bretagne

No pasarán, le jeu

Quand j'avais cinq ans je m'ai tué

Si tu veux être mon amie

Tristan et Iseult

Une bouteille dans la mer de Gaza

Cent ans de solitude

Contes à l'envers

Contes et nouvelles en vers

Dalva

Jean de Florette

L'homme qui voulait être heureux

L'île mystérieuse

La Dame aux camélias

La petite sirène

La planète des singes

La Religieuse

À propos de la collection

La série FichesdeLecture.com offre des contenus éducatifs aux étudiants et aux professeurs tels que : des résumés, des analyses littéraires, des questionnaires et des commentaires sur la littérature moderne et classique. Nos documents sont prévus comme des compléments à la lecture des oeuvres originales et aide les étudiants à comprendre la littérature.

Fondé en 2001, notre site FichesdeLectures.com s'est développé très rapidement et propose désormais plus de 2500 documents directement téléchargeables en ligne, devenant ainsi le premier site d'analyses littéraires en ligne de langue française.

FichesdeLecture est partenaire du Ministère de l'Education du Luxembourg depuis 2009.

Plus d'informations sur www.fichesdelecture.com

ISBN: 978-2-511-02951-0

 **Notes :**